이별하는 중입니다

J.H CLASSIC 074

이별하는 중입니다

이원형 시집

지혜

시인의 말

누가 뭐래도 '첫'이며 '풋'이다
버려도 좋은 낙과를
아깝다 아깝다 주워 담았다
첫물인 나의 시
떫다
꽃들에게 미안하다

2021년
이원형

차례

1부

2부

3부

4부

1부

어느새 눈깜짝할새

시간을 관장하는 신이 기르는 새가 있었다
신의 정원에서 새를 돌보던 동자는
무슨 까닭으로
신이 외출한 사이 새장을 열어 새들을 날려보내고
시침 뚝 뗐다
분노한 신은 동자를 시간 속에 가둬버렸다

분침이 한 발 뗄 때 마다
너는 육십 번씩 뛰어라

시간이 간다는 사실을 몰랐다
어느새 눈깜짝할새가 날아온 후
사람들은 시간의 노예로 살아야 했다
시간에 쫓겨 허둥지둥
어느새와 눈깜짝할새라는 말을
입에 달고 살았다

쫓아버릴 수도 없는 새
나는 법을 잊어버린 새

외식

쇠고기 두어 근 끊어 오는 아버지처럼 허청허청 오시는 봄 맞
으러
손에 쥔 것만 보고 뛰었다
돌부리 발 걸어 넘어뜨리면 어린 무릎에 명자꽃 피었다

이 세상에 와서 먹는 일이 투쟁이고 전쟁이다
젓가락 숟가락을 창과 방패처럼 꼬나들고 살구나무 아래 진
을 쳤다
멀리 가는 수고를 덜어서 좋았다
꽃등심 같은 살구꽃 자글자글 익어가는 밥상머리
꽃이 불러 모은 둥근 식구들
화사한 이마에 기름기 번지는 듯도 하였다
한 술 뜨면 꽃잎 한 점 얹어주는
살구나무 눈시울이 붉어지는 건
매운 연기 때문만은 아니어서
-연탄불 갈아야겠다
사그라드는 해를 머리에 얹은 어머니
살구꽃을 너무 많이 쳐다보아
우물처럼 깊은 살구나무 아래서 우린 헛배가 불렀다
살구나무 그늘을 끌어다 덮고 잠이 들면
풋풋한 꿈에선 덜 익은 살구맛이 났다

사월 열아흐렛날

누가 걷어찬 공일까 탱탱한 지구는

시위를 당겨 울음을 쏘아올리는 고양이의
나른한 등 같은 정각 열두 시

−당신이 하는 일을 나도 하며 지내요
혼자 먹는 밥
당신의 전언은 골목처럼 서럽다

꽃의 뒤를 밟는 나비의 위험천만

라인댄스교습소 할매와 할배가 주고받는
위험천만한 스텝, 밟힐 듯 밟히지 않는

봄까치꽃이 신장개업 했다 화환 하나 보내라 산까치야

오늘의 운세는 비행운
꼬리가 길면 밟힌다

튀밥장수 '뻥' 소리에 놀라 약속어음을 뿌렸쌓는 벗나무

벚나무 놀란 가슴을 쓸어담는
연희미용실 라면사리 아줌마
그녀의 봇물 터진 웃음은 누가 쓸어담나

미스김라일락의 재채기
예쁜 것들은 뭘 해도 예쁘다

귀뜸하다

속수무책입니다
겹겹의 성곽도 소용없어요
향기로 무장무장
날랜 호위무사도 무용지물이죠
손 놓고 있을 수만은 없잖아요
창문은 닫고 귀는 열어두세요
눈 부릅뜨고 지켜보세요
빈틈을 보이지 말아요
허공을 조심하세요
나비문신 자객이 언제
쨍쨍한 화살을 날릴지 모르니까

백마타고 온 왕자 같죠
한방에 훅 치고 들어오던 어느날처럼
그 깊숙한 곳
그것을 찔러넣을지 몰라요

꽃게 아가씨

서해의 등짝 저리 붉은 건 꽃게 때문이다
바다의 갈빗살을 가위질하다 붙들려 온
꽃게의 가위질을 전수받은 아가씨
갈비 한 판을 여러 필지로 나눈다
이의를 제기할 수 없는 공평한 가위질은 주문을 부른다
— 여기 2인분 추가요
지글지글 게거품 물며 익어가는
갈빗살 연신 실어나르는 바닷가 갈빗집은 만선이다
한 번 물면 피를 볼 때까지 놓지 않는 가위손
노을 얇게 저며 이리 뒤집고 저리 뒤집는 갈빗집
'시집못간돼지'의 꽃등심 같은 날
불안개 자욱한 홀을 유영하며 불에 익은 얼굴로 가위춤을 추
는 꽃게
그녀는 가위를 놓지 않는다
갈빗집 흥성한 홀이 이토록 붉은 건
시집 못 간 그녀 집게발 때문이다
한 번 물면 놓질 않는다
피 흘리는 노을

유리창을 닦는 스파이더맨

탯줄 이후 밧줄이 명줄 될 줄이야
기댈 데라곤 허공밖에 없어
굴비 엮듯 엮어 허공의 아가리에 나를 던져주며
수심을 재듯 허공의 깊이를 재며
유리창을 닦는 스파이더맨
옳은 일은 못해도 좋은 일이길 바란다

누가 죽고자 발버둥치는가
나는 살려고 발 동동 구른다
누가 넥타이로 목을 매는가
나는 밧줄을 맨다
지아비 밧줄 탈 때 지어미 똥줄 탈까

유리창이 보여주는 티끌 없는 하늘은
가슴 쓸어내리며 닦아놓은 풍경
안위를 보장할 수 없는 고공은 우러러 보는 전망 좋은 직장
내 위에 상사 없고 내 아래 부하 없다

발버둥치거나 발 동동 굴러봤자
의뭉스러운 바닥은 바다가 아니어서

곱게 받아줄 리 없다
밧줄이 확,
손아귀를 풀어리든가 하면
외마디 비명을 떠안은 바닥에선
명자꽃 보다 낭자한 꽃이 필 것이다

살아서 받아보지 못한 꽃
죽어 받게 되면 조화가 아니겠냐고
쓴 약 같은 미소 한 입에 털어넣는
스파이더맨의 일당은
착불

소변

남북을 가르는 기찻길
그 길을 너댓 번 많게는 대여섯 번
은밀하게 운행하는 열차에 대하여
공공연히 떠벌릴 필요 있겠나 싶은 것이
운행은 불가항력적이다

기차를 달리게 하는 힘
아랫도리에서 나온다

주변머리도 소갈머리도 없는 역무원
혼자 먹는 저녁 같은 역
이정표는 없다
건널목도 필요 없다
화물을 하역하는 동안
한적한 종착역 밖으로 불쑥
민머릴 내미는 이 분이 그 분

바깥 바람을 쐬노라면
해방감으로 부르르 몸을 떤다
누군가는 턴다고 말하는 몸의 아랫녘

어금니 앙다물고 달리는 하행선 기찻길
그 길 쥐락펴락하는 큰손이 있다

자궁성 출신입니다

살 떨리는 고백이다 나는
오래전 궁을 빠져나온 사람

어머닌 아버지가 꼭꼭 숨겨놓은 구중궁궐
궁을 배회하며 갈팡질팡하던 나는 무명씨였다
수 개월의 연마와 수련을 거듭한 후에야 얼핏 길이 보일 것도
같았다
더 넓은 세계를 당신은 보여주셨으니
출궁을 감행 출생부에 이름을 올리게 되었다

시작은 한 톨

아버지가 뿌린 고, 자그마한 씨앗이
파문을 일으킬 줄 몰랐다
내 몸의 주름과
내 손의 지문은
그날 그것의 빼도 박도 못할 증표

물려받은 한 떼기
주름의 영토를 소작하며 아버지 하던 짓거릴 따라하며

어디서 왔냐건 옅은 미소나 꺼내 보이는

내가 자궁성 출신이라는 사실은

공공연한 비밀

목련설비

한눈 팔기 좋은 날이야
꾀병을 부려볼 참인데
수리를 부탁하는 전화는 걸려오고
그곳은 높고 깊어
사다릴 오르내리며 웃자란
처마를 손봤다

이왕 하는 거
눈 흐린 창도 닦아주고
달빛 새는 지붕도 고쳐주었다

이왕 하는 거
침침한 등도 갈아 끼웠으면……하길래
흔쾌히 그러마고

형형한 여자의 방
그도 나도 반색하여
이왕 이리된 거
수리비는 공짜라고

>

TV 화면조정 시간도 끝나갈 무렵
봄이었던가
다섯 시와 여섯 시 사이
그 언저리였던가

할 말 있어요

정부는거리를두라엄포를놓지만
작금의시와시인은그래서는아니된다
시라면모름지기온기를잃지말아야지
띄어쓰기라니거리두기도부질없는것
오밀조밀어깨를맞댄문장들의친밀이
시의맛과멋을드높이는최선아니겠는가
재잘재잘조잘조잘바짝붙어침튀기는
저들좀봐비탈의산벚나무를섬진의매화를
산수유를저들이언제등돌리고앉아있든
띄엄띄엄떨어져앉든저만치거리를두든
모쪼록문장의밀접접촉자가되어야한다
떨어져앉지도거리를두지도말아라시야
할말은하는꽃처럼팡팡내지르라침튀겨라
미열같은잔기침같은시를퍼뜨리며살아라
제몫의분홍을백일만에다써버리는
배롱나무같은시인아꽃받으러가자.

소나무 침술원

팽나무 시큰거리는 무릎을 봐주었다
요통으로 고생하는 자작나무 허리에 침을 놓고
오늘은 오갈피의 오갈을 해결해주었다
물푸레의 어혈을 푸느라 솔솔 푸른 물이 들었다
오십견을 고쳐주었더니 기어코 사례를 하는 굴참나무
한 말 가웃은 되었다

너도 밤나무냐,
너도 밤나무냐,
이웃 밤나무의 비웃음에 울화가 치민다는
너도밤나무의 화를 가라앉히느라 하루를 다 썼다

누대로 침을 놓는 진료실 층층이 침엽이 쌓인다
바람들고 뻬끗하고 맺히고 막히면
순번표 뽑아드는 저들 때문에
사시사철 침을 달고 살 수밖에 없다

허리띠 풀고 엉덩일 까는 저이들 때문이라고
내일은 회화나무 발목에 솔뜸을 뜨러 간다고

전전긍긍

너의 부재는 수은주를 끌어내렸다
각방을 쓰는 생활이
무표정한 종이꽃일 때
눈을 빚어 꽃이라도 피워보려는
이 겨울의 호의가 눈물겹지 않은 건 아니나
닿지 않는 별처럼 꽃은 멀어
다 옛일이 되고 말았다
너의 침실을 드나들며 이마에 꽃가루를 묻히던 날들의
화사한 기억을 끌어안고 뒹구는 일 말고
이 겨울 마음이 할 일은 없다

나의 간절과 친절이 머나먼 네게 닿아
서둘러 오리라는 전언 보내오지 않을까
창을 여닫고 불을 켜던 너의 옛 주소가 눈에 밟힌다
꽃 진 자리가 절절 끓기도 하여
사무친다는 말은 꽃에게 부치는 내 기다림의 자세
봄은 아직 멀고 애인이 화장을 고치는 동안
담배 연기로 구름을 빚어 안달복달하는
달빛 창가 사내처럼 조금은 더
전전긍긍해야 한다

삐닥해서

바깥쪽을 갉아먹은 신발 뒷축이 과적차량처럼 삐닥하여 운행 중에
넘어질뻔 했노라고 굽은 길을 도는 트럭처럼 말하는 너는

한쪽으로만 닳는 이유가 편식 때문만일까
삐닥한 자세를 바로잡을 생각 없는 지구별
몸을 부리는 마음이 삐닥한 탓이라고 마음을 탓해선 안 된다
될 성 싶지 않은 아이도 제 밥값하는 반듯한 날이 온다
왈칵, 향기를 쏟는 목련
삐닥함을 절묘한 균형미로 되살리는 동백의 세련이 이목을 끈다
지구별 담벼락에 꽃무늬를 그려넣는 봄은 당분간 무휴
노곤한 봄의 잠도 삐닥하겠다
삐닥한 지구를 딛고 섰으려니 삐닥해질 수밖에
삐닥한 것들이 인간적이다
삐닥해서 인간이다 참 이상도 하지
피사의 사탑이 한쪽으로 슬몃 기우는 까닭은 몰라도 그만이다
삐닥한 것들이 만드는 풍경

초등의 손글씨처럼
꽃을 탐문하는 나비 좀 보아
너를 찾아가는 나를 좀 보아

그리고의 쓸모

'그리고' 때문에 술술 풀리지
모든 대화의 실타래 같은 그리고
한강 철교와 영도다리 같은 그리고
엄마와 아빠 사이 실낱 같은 희망
나는 그리고야 나 아니면 무엇으로
부부 사이 다리를 놓았겠어
찔레꽃 같은 누나와 윗말 산적 같은 형의 순정에 끼어든 나는
그들의 그리고였지
나 없이 그들의 더딘 연애가 가능했겠어
전화기도 없던 시절 나는 그들의 이동통신
물앵두꽃 핀 봄입니다라고 말문을 연 산적의 쪽지는 나 하기
에 달렸지
눈깔사탕에 홀려 넘나든 연애의 국경은 달달하였지
그리고 대신 그래서나 그리하여를 써도 되지만 맛이 떨어져
그러나가 어깃장을 놓을 때 손 잡아준 그리고
모든 연애의 출렁다리 그리고
그리고를 건너는 짜릿함
성춘향과 이몽룡의 연애에 징검돌을 놓던
향단이 '그리고'

고마리의 은유

고마리의 분홍은 그녀의 수줍은 감정
하늘정원에 뿌려진 별은
빛의 생애를 살다가
별의 장례를 치른 후
고마리로 다시 산다 고마리는
별의 후생
고마리는 분홍으로 깊다
꽃멀미를 앓는 은하의 저녁
고마리 없는 봄을 어찌 건너나
저를 딛고 가세요
분홍 징검돌을 놓아주지만
고만고만한 고마리 안에
우주가 씨방처럼 담겨있어
한 생을 다 걸었다 생각했는데
돌아보면 그 자리
괜히 눈시울 붉어지는
별들은 분홍으로 수런수런
그런 날은
꽃에 기대어 잠을 청하는데
설핏 들여놓은 꿈이 멀다

꽃길을 거닐었는가
고마리의 하루는 백년
그 새 백년이 흘렀다

화요일

꽃을 보내줄 수 있느냐 주문을 넣었다
노란꽃 하얀꽃 분홍꽃
이 모양 저 모양
구색 갖춰 넉넉하게 보내주었다
꽃값은 후불이라는 말
형편 닿는 대로 천천히 갚으란 소릴 해마다 듣는데

계좌번호는 존재하지 않는 숫자
꽃값은 이 세상에 없는 이름

꽃값을 치른 바 없이
겨울을 치른 사람의 허허벌판에
꽃들을 풀어놓는 호의
꽃값은 묻지 말란다
고마운 그 이름 묻지 못했다
화원 이름이 '봄'이라던가
봄이라는 말
사내를 사무치게 한다

달력이 가리키는 시절은
날마다 화花요일

달방을 놓다

　생계 곤란한 사람들과 꽃들이 복작복작 뒤엉켜 사는 골목은
생계를 잇느라 바빴다
　자기를 수선하는 데 영 서툴러 자주 술병을 넘어뜨리던 부춘
세탁소집 수선화는
　경기 앓는 날이 많았다 골목은 술에 취할 때가 많아 방향을 잃
은 나비의 향방이 궁금하여
　꽃의 뒤를 밟곤 하였다 마을버스에서 내린 몇몇이 복사꽃 아
래로 스며드는 봄
　목련의 분냄새를 맡길 좋아해 목로주점을 드나들던 아버지의
수명은 목련보다 짧았다
　배추흰나비의 스텝이 꼬이는 이유가 술 때문이라고 고개를 꺾
은 가로등은 눈빛을 흐렸다
　달의 촉수를 높이기 일쑤여서 누진세가 붙는 달이 많았다 달
빛 비린내를 핥던 고양이는
　시위를 당겨 제 울음을 담 너머로 날려보내곤 했는데 능소화
가 줄 타고 오르내리는 골목은
　이때만 생기가 돌았다 라일락이 두어 달 세들어 사는 골목은
느리게 늙어갔으나
　월세를 올려받지 않아 다행이었다 은하에 세들어 사는 나는
골목을 드나드는 꽃을 보는 일로
　하루를 다 써도 아깝지 않았다

2부

바람이 뜨고 내리는 갈대역

어찌 사냐건
갈 데까지 가보는 거지

바람이 뜨고 내리는 갈대는 바람의 활주로
바람의 비행을 부추기고
간이역을 서성이는 바람은 속절없어
바람이 오가며 하는 인삿말과
작별의 말을 모으면
바람 스치듯 읽히는 시집 한 권은 너끈하겠다

바람의 말 받아적는 마음이 자주 휜다
몇 번의 갈등도 없이 살아온 나는 은발의 가을로 익어갔으면
싶고
갈대에게 가보고 싶은 거고

바람의 말은 출처를 가늠키 어려워
갈대에게 이목이 쏠린다
하늘하늘한 필력으로 바람의 말을 풀어내는 갈대
바람이 뜨고 내리는 갈대역은 왜 없는 것인지
억지부리기 일쑤인 바람도 흥에 겨운 순간은 있다

바람의 콧노래에 추임새를 넣어가며 어깨 들썩이며

　한 곡조 뽑아내는 갈대의 노래를 대합실에 앉아 들어도 좋을
것이다

　갈 데가 왜 없겠는가

　가을우체국이 가을에만 문을 열 듯

　가을에 문을 여는 갈대역

　바람이 머릿결 쓸어올리는 갈대역을 한 번

　바람처럼 다녀가시라

　허리 휘는 삶에 몇 번은 갈대처럼 일어서는 날들이 있고

　바람처럼 자유로울 때 있으니

벚나무 아래 뻥튀기기

뻥뻥 도는 지구본
지구 위 지구본
속타는 쇠공 안에
노인네 누렁니 같은 옥수수 알갱이 털어넣지
뜨거워져라 뜨거워져라
발붙일 틈 없도록 뻥뻥이 돌리고 나서
우주를 관장하는 신처럼 말하지
자, 꽃필 시간이야
열흘 치를 한날에 흥청망청 피워놓은 꽃숭어리들은 뻥이요,
시장통을 들었다 놨다 하지

벚꽃이라 해도 좋을 튀밥이야
입안 깔깔하게 하는 벚꽃이야
벚꽃 흐드러진 날이야

봄볕에 기댄 벚나무가 그러했으리
속 끓이다 속 끓이다
에라이, 이거나 먹어라
소금 뿌리듯 확
꽃잎 뿌려댔을 거야 그런 줄 모르고

졸다 놀래서 그런 줄 모르고
사람들은 낄낄거리지

달을 켜둔 채 잠이 들었다

밤새 켜도 누진세가 붙지 않는
달빛 아래
당신을 사모하는 일은
사용료를 내지 않아도 돼 다행이다

꽃을 앞세우고 저만치 오는 시절의
향기를 수소문하는 나는
당신의 서쪽으로 귀가 밝다
어서 마중을 가야지
반갑게 손 잡아줘야지 생각한다
산중은 꽃필 차례가 아니어서
어둠이 일찍 찾아온다
꽃의 말은 볼륨을 높여도 좋겠지만
달을 켜지 않아도 휘황한 산 아래
불빛 만으로 불야성일 것이다
달을 끌어다 쓰는 나는
무엇을 해 볼 생각도 없이
달이 꺼지면 별을 켜지 하는 요량으로
당신을 생각하는 저녁이다
꽃이 오는 길

손금처럼 또렷해서 좋겠다
달을 켜둔 채 잠이 들었다
당신을 생각하는 일에
누진세가 붙지 않아 다행이다

환상통

매화나무 가지는 뭣에 쓰려고
바람은 모질게 꺾어갔을까요
없는 팔을 뻗느라 자주 뒤척입니다
그쪽으론 몇 번 더
깨어나지도 못할 꽃을 주섬주섬 꺼내놓습니다
그건 말로 할 수 없는 통증입니다

절개지 같은 자리
무턱대고 찾아와서 아프다 아프다 합니다만
상처에도 봄은 다녀갑니다
나보다 잠을 설쳤을 매화나무 텅빈 그늘 아래
없는 팔을 뻗어 봅니다
그쪽으론 몇 번 더 눈길을 줍니다
같이 서 있어 줄 밖에요

상처가 상처에게 말을 건넵니다
같은 처지끼리 없는 손을 내밀어 다독입니다
없는 그대를 불러 다정해지듯
설해목 같은 사람
큰 일 치른 매화에게 보내는 위로가 따뜻합니다

눈시울 한층 붉어졌습니다
이제 좀 잊을만도 하겠지요

베껴쓴 시

해바라기는 해를
나팔꽃은 나팔을
며느리밥풀꽃은 며느리 밥풀을
버젓이 가져다 쓴다
우산나물은 우산을 베끼고
개망초는 삶은 계란을
흙먼지 뒤집어 쓴 배추마저
장미를 따라하느라 애쓴다
겹겹의 꽃치례를 베꼈는데
그럴싸하다

둘러보면 표절 아닌 게 어딨나
감쪽같이 속이기도 하고
알면서 넘어가 주는 거다
아버지를 표절한 나는 아버지를
빼다 박았다
투구꽃이 투구를
개불알꽃이 개불알을
맨드라미가 닭벼슬을 제 것인 양
가져다 쓰는 뻔뻔한 시국이다

손 놓고 있던 나야말로

세상에 지는 게 아닌가 하는 조바심

너도바람꽃이 바람을 표절하는

어수선한 틈을 타

어디서 많이 본 듯한 시 한 줄

데려와 슬쩍 끼워넣었다

감쪽같다

앞뒤로 아귀가 맞는 것이

처음부터 내 것이었다는 듯이

까치식당

까치는
이름을 팔고 주인은 밥을 팔았다
신통치 않았다
밥물 같은 감언이설로 밥집을 끌어들인 골목
매출은 책임져주지 않았다
어디서 엉뚱한 입맛들을 다시는지
손님은 꼬이지 않고 일만 꼬였다
어느 날은 몰래 밤손님이 다녀갔다 밥 대신 술을 폈다
소주병 앞에 앉히고 혼자 마시는 술은 슬펐다
매출은 오를 기미 없이 기미만 늘어 안색이 어두웠다
끈 떨어진 애드벌룬 같은 달에 기미가 낀 것조차 달갑지 않았다
월세를 채근하는 문자는 혈압만 올려놓았다
이름을 빌려준 까치는 제 탓인 것 같아 이름을 **빼**달라 했다
없는 집에 독촉장 날아들 듯 파리들만 날아들어 손을 비볐다
이 골목은 염치가 없다
반년 만에 까치집 내리고
밥 퍼주던 사람 떠났다

엉덩이의 쓸모

물결 찰랑거렸다던데
물의 등짝을 후려치기까지
물놀이야
물텀벙이처럼 텀벙텀벙
물장구치며 놀았다던데

어디들 갔을까
고문서 얼룩 같은 몽고반점만 남아 목마른 언덕
몽마르뜨 언덕이나 뒤웅박 같은 엉덩이를
냄비 받침처럼 쓰는 우리 생애
자주 뒤우뚱거리기 일쑤지만
물심양면으로 엉덩이가 엉덩이에게 말 걸어오는 저녁
물찬 제비같이 깔깔대며 나는 나를 주저앉힌다
물 오른 엉덩이를 방석으로 깔고 앉으면 물결치는 소리

오래 깔고 앉아 있으면 다시
우묵한 웅덩이 될까
버들잎 하나 띄워주고 싶다
엉덩이의 힘으로 살아온 내가
엉덩이의 쓸모와 씀씀이를 더듬어 추억하노니
언제 마주친 적 있던가

쎈

해바라기 해를 밀어 올리고
달맞이 달을 들어 올리고
쇠별꽃 별을 쏘아 올린다
고마리 고 지지배
나를 끌어당긴다

꽃보다 쎈 걸
알지 못한다

705호

쉬라 하니 쉴밖에
실적을 위해 물불 가리지 않고 뛰던 나에게
실직은 아무 것도 안 할 자유를 주었다
하릴없이 두문불출하게 된 e편한세상은 어렵사리 장만한 아
파트형 교도소
가택은 감옥으로 용도변경되었다
교도소장처럼 말하는 경비원 김씨 퇴근하는 아내의 뒤를 오래
쳐다본다
제 집 드나들 듯 하니까

아내는 유일한 면회객
사식과 영치금을 넣어주는 아내의 눈치를 보는 일이 잦아진다
풀죽은 배춧잎 같은 아내의 새벽을 깨우는 일은 용기가 필요
하다
끼니마다 집밥에 손대면 알게 된다 콩밥 보다 깔깔한 게 눈칫
밥이다
젊은 간수 같은 아들 녀석 말에는 가시가 있어 목에 걸린다

— 아빠 일 안 나가 ?
— 나가긴 어딜 나가 이눔아

>

e편한세상에서 맘 편한 놈은 아들 뿐이다
반성할 일 없이 반성문을 쓰는 일은 곤혹스럽다
지은 죄도 없이 죄송스럽다 반성문처럼 지루한 복도
노란 완장을 찬 은행나무가 705호를 눈알 짓무르도록 지켜본다
이게 다 경비원 김씨가 시시콜콜 시킨 일이다
모범가장도 얼마든지 모범수가 될 수 있다는 희망으로 버틴다
여기서 나가는대로 저 은행부터 털어야겠다고 마음 먹는다

구름을 끌어본 적 있나

잠자코 있지 못하는 구름
하늘을 떠도는 구름의 정처없음은 어디서 비롯한 것일까
달은 다달이 그 달인데
구름은 나날이 그 구름이 아니다
뭉개고 있는 뭉게구름 뒤로 곧장
쫓아올라 오는 단속요원 보이지
주차위반 딱지를 뗄지 몰라
내일의 날씨가 우산을 쓰고 구름이
몰려갈만 한 곳을 짚어주는 일기예보가 구름은 마뜩찮아
표정이 잔뜩 흐려지지
구름인들 떠돌아 다니고 싶겠어
주차장은 턱 없이 부족하지 단속요원은 눈 부라리며 쫓아다니지
정처 없을 수밖에
요즘 같은 불경기에 불황을 모르는 곳은 여기 뿐
벌이가 쏠쏠하지
하늘도 주차난으로 골머리 앓거든
구름이 진땀을 빼는 날 지상은 색색의 우산을 받쳐든다네
그러는 나는 누구냐고
대신 구름을 끌어주는 대리기사
당신 구름을 끌어본 적 있나?

밥값 얼마예요

금성세탁소 지나 세븐일레븐 옆 영희미용실과
로보트보일러 사이
불어터진 면발 같은 골목 백발 성성한 벽돌집
간판을 걸지 않고도 밥집
주문을 받지 않고도 뚝딱
쥔장 맘대로 차려내는 집
손님도 할매도 밥값을 모르는 집
잘 먹었으면 됐다는 집
잘 먹고 갑니다,
인사도 없는 무전취식이란 얼마나 입맛 당기는 일인지
싹싹 비울수록 다 퍼줄 듯 더 퍼주는 집
'해산물 사 오시면 맛있게 조리해 드려요'
써 붙이지 않았어도 한 봉다리 사 들고 털레털레 찾아가면
"뭘 이런 걸"…
맛있게 졸여내는 숨은 맛집
눈 감고도 찾아가는 집
몇십 년 드나든 나로 말하자면 알짜배기 단골손님
밥집의 첫째 아들

그 집 밥값이 나는 궁금하다

오십견 길들이기

오십 줄에
견갑골의 통증을 감수하며 개를 키운다
-나 애완견 키워요
오십 앞에서 오도방정 떨지 말 것
오십견에 비할 바 아니다
유기견 애완견도 아닌
굳이 오십견을 키우는 까닭
동물병원은 속시원히 밝혀줄까
통증의학과 전공의를 찾아가야 할까
오십견은 흙냄새를 좋아하지 않아
오십의 어깨를 겅쭝 올라타길 좋아해
오십은 오십견의 전망 좋은 집
두들겨 패질 못해 때려잡을 수도 없어
한 마리였다가 어느 땐 열 마리였다가
한 백 마리쯤 몰려다녀 아수라장이지
오십 줄에 개 같은 거 들일 생각 않는 게 좋을거야
길들이기 쉽잖더군 죽을 맛이야
으르렁그르렁거리지
먹여주고 재워주는 주인도 몰라보는 녀석
어디 떼놓고 올 수도 없는 녀석

못된 자식놈 떠안았다 생각하라는데
밥그릇 걷어차기라도 하면
주눅이 들까 순한 얼굴을 보여줄까

개를 길들이는 건지 개가 나를 길들이는 건지
얼굴 한 번 보여주질 않더군
제 밥그릇에 이빨 자국을 내놓는
어깨 위의 반려견

던져줄 게 없구나
서로 반갑지 않구나

등

뭐라도 부쳐 먹고 살아야 했다
도대체 경작을 허락치 아니하므로
아비는 등짐장수로 살았고
아들은 등대지기로 살았다
아무 소출 없이 대물림하는 땅
등짐 부리듯 할 수 없는 땅

발도장 눈도장을 찍지 못해 측량할 길 없다
어찌해 볼 도리 없어 근질근질한 뒤편이 있다
등지고 사는 이웃
책이 책등을 못 읽듯이
아비도 업어 키운 자식도 도리없는
몸의 먼 곳
맹지

비올라

비웃거나 비꼬면 안돼요
하늘에 핀 목화 잘 여문 구름을
비비 꽈 봐요
울울창창 비가 된다는군요
천상의 목화밭이 궁금하다구요?
팽팽한 빗줄기를 잡고 거슬러 오르면
목화언덕
악공의 집에 닿을 수 있어요
수 만 가닥 비를 조율하는 틈을 타
슬쩍 악보를 가져오죠 뭐
비를 켜 볼까요
저요저요
음표들이 통통 튀어오르겠죠
모데라토 알레그로 안단테
저만의 속도로 한 뼘씩 자라는 푸른 악보들
비오는 날엔 비올라를 켜봐요
비올라만큼 비의 리듬을 잘 타는 악기는 없죠
비나리 비나리
비의 화음에 젖어 좌우로 건들건들
음악 좀 아는 나무들은

비올라 연주를 들으며 커요

나도 그래요

개심사 배롱나무

까르르까르르
웃음이 헤픈 여자다
간지럼을 참아내느라
제 몫의 백일홍을 백일만에 다 써버린다
웃음이 헤프면 분홍된다
간지럽다 간지러워 간드러진다는
말의 은유로 소란스런 여자
분홍은 참을 수 없는 존재의 간지러움
간지러운 쪽으로 분홍은 짙다
손 탈 적마다 까르르까르르
한 칸씩 줄어드는 분홍의 눈금
한 뼘씩 넓어지는 분홍의 그늘
옆구리께 웃다 죽은 분홍이 지천
바람의 남사스런 손을 어쩐다
분홍을 탈탈 털린 여자는 무슨 수로
백일홍일까

개심사는 비가 와도 까르르
웃기게 와서 간지러운 연못쪽으론 자주 팔을 뻗는다
새는 웃음 틀어막던 손으로

등 긁어주는 그녀 등을 나도 긁어줬으면 하는데

보는 눈이 많다

손등만 간지럽히다 손톱에 낯간지러운 향만 까르르 물이 들

었다

그만

꿈자릴 뒤적이다 그만
발길 뜸한 아내의 옆구리에 연이 닿아
신라의 능 같은 젖가슴에 손을 뻗치고 말았다
한밤중 발굴인가를 하는 지경에 이르렀는데
마른 하늘에 천둥 벼락은 쳐서
이슬 젖은 이층탑을 쌓게 하는지

뭐 먹을게 없나,
출출한 신라의 밤을 뒤적이던
졸참나무 열매 같은 신라의 달과 눈 마주쳐
애써 쌓은 탑을 허물고 말았다
공들인 탑도 무너질 때가 있으니

뒤척이다 뒤적인 날 아침
무너진 왕조의 궁녀
고분에서 출토된 고분고분한 여자
오래 묵어 가래 끓는 소릴 내는 석빙고 슴슴한 가슴을 더듬는
손에 쥐어주더라는
신라 사내 튼실한 허벅지 같은 무우 반 토막
무우국이라도 끓여볼까 하는 참에

까스활명수

꽃 좋아하는 여자
마흔의 경계를 넘어선 그녀가
가슴에 달고 사는
부화와 울화를 아시는지
이것들은 도무지
계절 없이 들불처럼 필 줄만 알았지
좀체 사그라들지를 않아
두들겨도 아니 되고
물 끼얹으면 외려 기세등등하지
불난 집엔 부채질이야
부채를 수소문한다
비틀어야 한다 쥐어짜도 나올만한 게 없던 시절의
가난까지 탈탈 털어넣어야만
부시시부시시 수그러들 거나
꽃모가지 댕강댕강 날아갈 거나
화딱지를 꽃핀처럼 달고 사는 민자씨의
일회용 소화기
부채표 까스활명수를 쏟아붓는다
꽃을 죽여 꽃을 살리는 일
꽃 좋아하는 그녀도 질색하는
울화와 부화 치밀어 오르며 핀다

3부

끼니

내가 마신 한 잔의 커피가
그의 유일한 한 끼라는 것

창고 대방출 공장도 가격으로 눈을 퍼붓는 출근길
생면부지 타인이 생면부지의 타인을 향하여 걸어온다
힘겹게 말 걸어온다
노숙의 몸을 빌린 예수거나 부처?
남루한 들판을 건너온 허수아비
폭설에 지워져 버릴 것 같은 노숙인의 간절한 부탁
절절끓는 탕도 밥도 아닌 커피 한 잔
─커피 한 잔만 사줄 수 없겠느냐
무량한 허기를 커피로 달랠 수 있을까

장갑 벗어 끼워준다
외투 벗어 입혀준다
안주머니 오만 원도 쥐어준다

바겐세일품 같은 도시
그는 그대로 나는 나대로
눈발이 되어 흩어지면 된다

받는 손 무안하지 않게
오른손이 한 일 왼손이 모르게

도시락

1

무료한 꼴을 못 보는 이 도시는 퍽이나 낭만적이다

걷는 동안 만이라도 무료하지 마시라

길목마다 피아노 건반을 깔아놓았다

보도를 횡단하는 피아니스트 미솔라도 레미솔도

아무 날 아무 때 아무나 건반을 두드려볼 수 있다

건반 없는 길은 얼마나 무료한가

무반주자의 무단횡단은 낭만적일 수 없다

건반 위의 꼬부랑 할머니 안단테보다 느리게 제 그림자를 밀고 가는 동안

차들은 속도를 죽이고

자동차극장 느린 화면 노파의 퍼포먼스를 관람해야 한다

2

핸드폰을 돌도끼처럼 들고 횡단보도를 건너는 이십일 세기 네안데르탈인

모래의 등을 즈려밟고 사막을 건너는 낙타 같은 도시인들

문명의 놀라운 발명 손안의 디지털도끼가 있어 무료할 틈이 없다

낭만적이기까지 한 길 위의 통화

도끼의 숫자판을 두드리면 산 너머 남자나 강 건너 여자를 호
출하거나
  낭만적인 대화를 나눌 수 있다 간혹 시부렁시부렁 시 같은 말
들을 부려놓곤 하는데
  이거 괜찮다, 싶으면 시인은 미끼를 던진다
  낚시, 놀란 가슴 쓸어내리는 시어와의 팽팽한 줄다리기
  등 푸른 시어를 낚는 도시어부의 희희낙락 도시락
  도시락을 까먹는 맛이란 퍽이나 낭만적이어서 도무지 무료할
틈이 없다
  무료한 나의 시는 무료

시월

노을 삼삼한 날이었어
뱃구레 홀쭉한 아궁이에
불 한 술 떠넣으면 녀석은
게걸스럽게 받아먹었지
보기만 해도 배 부른
옥자 누이 미간에 열꽃 피고
한눈 파는 사이
바람난 여시 같은 불똥은
뒷산으로 열불나게 튀었지
정수리에 불 붙은 고로쇠 산딸나무
우루루 우루루
산 아래로 내쳐 달렸어
세숫대야 같은 둠벙에 머릴 처박았지
피시식 피시식
밥 짓는 연기 피어오르던
시월

돼지국밥

너는 국 따로 밥 따로 먹는다
나는 국물에 밥 말아 먹는다

너는 파를 듬뿍 넣었고
나는 파를 빼달라 했다

너는 깔끔한 걸 좋아한다
나는 칼칼한 걸 좋아한다

너는 겉절이를 좋아하고
나는 신김치를 좋아한다

국밥집 수육 같은 혀를 빌려주고 빌려오며 토렴하듯
살을 섞는 사이지만
끝내 섞일 수 없는 것이 있어서

나는 돼지국밥을 주문하고
너는 소머리국밥을 시켰다

우린 닮은점 하나 없는 따로국밥이라는 것

산동리 동막골

오십을 넘겨도 앞날 깜깜하다고
먹감나무는 또 먹을 간다
빳빳하게 풀 먹인 하늘 펼쳐놓고
바람에 먹을 찍어 끄적인다
연신 끄덕이는데
알 것도 같고 모를 것도 같다

이웃한 게 여든 다섯 해
감감무소식이라니 볼 건 다 본다
들을 건 다 듣는 귀 밝은 감나무
한 번 더 홍시를 익히고 슥슥 문질러
때깔 좋은 수묵을 완성한다
죽어 뼈를 묻겠다는
진경산수의 끝물 같은 마실
감꽃처럼 있는 듯 없는 듯 해도
단감처럼이나 단단하고
달큰하기가 곶감 같아서
쫀득한 서쪽, 산동리 동막이다
감 잡으셨겠지만

그늘은 어디서 오나

그늘은 어디서 오느냐고?
절레절레 흔드는 바람의 머리에 손을 얹는 나무의 수고가 그
늘을 만든다
마디마디 저린 팔을 내려놨으면 싶기도 했을 것이다
바람의 손사래에 곤란을 겪기도 했을 것이나
끝내 바람기를 뺀 숙연한 그늘은 순연하고 숭고하고 더러는
은밀해서
그늘의 순한 얼굴이 불러들이는 어린것들과 등 굽은 노인과
더러는 그늘 같은 사람의 더운 가슴은
그늘 아래서 미덥고 미쁘고 동치미 국물처럼 시원하기도 한
것인데
그냥 쓰기 미안한 가을
나무의 혼잣말 같은 낙엽을 책갈피에 찔러넣기도 하는 것인데
길이 남을 실록은 못 되어도
그늘 아래 들어 그늘을 나눠갖지 않으면 모르고 지났을 그늘
의 갈피를
뼈저린 나무의 수고를 나라도 기록해 뒀으면 하는 것이다

브레이크

어딜 다녀와야 할 데가 있다
길 떠나는 수고가 누군들 어딘들 없을까
이차선이나 왕복 사차선 중앙선을 넘나들며 어디든 갈 것이고
밟으며 밟히며 가고 있고

서두른다고 되는 일이 요행히 꽃에게는 있다
페달을 밟아주면 휘청,
앞으로 쏠리고 뒤에서 피는 빨강
세속의 도시에서 시속으로 피는 꽃의 뒷모습은 밤에 더 매력
적이다
빠를수록 꽃은 멀고
꽃은 보이는 것보다 가까이 핀다고 거울에 씌여있다
방지할 것이 속도만이 아니다
방지턱 앞에서 멈칫하는 빨강
덜컥, 가슴 쓸어내리는 빨강
굽은 길에서 갑작스레 피는 꽃은 뒤쫓는 이를 당혹스럽게 하
지만
줄곧 한 가지 색만 고집하는 까닭을 궁금해 하지 않는다
오르막 내리막 가리지 않고 피는 꽃은
향기가 없다 꺼트릴지언정 시들지 않는 꽃
꽃말은 다가오지 마세요!

쇠가죽 구두

신새벽 쇠북이나 산중 법고가 되려나 했지
휘모리나 굿거리를 뽑아내는 장구되거나
재벌의 기름진 배를 조여매는 혁띠 될 줄 알았지
못 써본 돈 배불리 넣고 다닐 줄 알았지
하다하다 바닥까지 내려보내더군
죽어서도 먹는 일이더군
한눈 팔지 말라더군 한 놈만 먹으라더군 편식을 눈감아주더군
욱여넣더군 어제 먹던 걸 오늘 되새김하니 생각나더군
다른 것도 먹어봤으면 하는데
쇠파리란 놈 예까지 따라와 쭈빗쭈빗 엉덩일 들이대더군
어쩌나, 걷어찰 뿔이 없으니 쫓아낼 꼬리가 없으니

봉안이 버스

심심하기 짝이 없는 정류장
심술난 아이처럼 저만치 혼자 놀구요
그러거나 말거나
내릴 사람 내리면 여기가 정류장
탈 사람 타면 거기가 정류장
정류장이 따로 없지요
애호박은 눈 씻고 봐도 없습니다
골 깊은 늙은호박들 뿐입니다
가을볕에 익어버린 황톳빛 얼굴이 정류장 표지판이지요
급할 것 없습니다 좀 늦으면 어때요
버스를 기다리다니 버스가 승객을 기다려야지요
청산도에 둘도 없는 봉안이 버스
좌지우지 갈지之자를 그리며 툴툴거리며 구들장 논길을 오갑
니다
풍경에 취해 비틀거리는 것이니 말리는 사람은 없습니다
봉안이 버스니까요
하필 봉안이 버스냐구요
청산도의 봄 여름 가을 겨울
강산이 네 번이나 변하는 동안 청산도는 비울지언정 단 하루도
운전석을 비운 적 없는 억새꽃 같은 기사양반 그가

봉안이거든요 김 · 봉 · 안

봉안이 버스 없이 청산도는 없지요

봉안이 없이 어찌 청산도겠어요

청산도의 발이지요

팽나무

세상은 아직
눈꼽도 안 뗐는데
팽나무 저이
바지 추켜 올린다
허리끈 동여매고
신발 고쳐 신고
굽은 등 우두둑 편다
어딜
팽하고
다녀와야 한다고
마디 굵은 손차양을 하고
숨 한번 크게 들이쉬고

나는 왜 오른쪽을 편애하는가

나를 끌고가는 신발은 편식이 심하다
오른쪽만 갉아먹는 탓에
생각과 생활이 자꾸 오른쪽으로 쏠린다
지구는 오른쪽으로 돌았던가?
시간은 시곗바늘을 오른쪽으로만 몰아부치고
헐거워진 생활도 오른쪽으로 돌려 옥죈다
언제나 그렇듯
골목의 마지막은 우회전 우측으로 돌아가야 들여보내주는 집
우리집 목련은 오른쪽 가지에만
꽃을 매달아 상당히 우화적이다
옳은 것은 오른편에 서야 될 것만 같다 오른쪽에 서서 걷는다
오른손 아니면 시를 쓰지 않는 나는 우회적이다
오른손은 할 일이 많고 왼손은 하릴없다
이 땅에 출몰한 온갖 문장들은 우보행右步行
오른쪽이 아니면 사건과 서사는 일어나지 않는다
내 잠자리는 오른쪽, 오른쪽으로만 돌아눕는다
다행이다
좌파적인 여자와 마주칠 일 없어서

만성이

만성이가 누구냐구요?

어머니 둘째 오빠 복환씨의 셋째 아들인데요

대기만성하라고 붙여준 이름인데요

아버지가 빚어준 그릇을 채우느라 아직도 쩔쩔매지요

공장 기름때를 로션처럼 바르고 묵은 먼지를 분가루인양 뒤집어 쓰고

받은 삯으로 조강지처 부라자 빤스 사 나르고

아들놈 대학등록금 쏟아붓고 딸년 데이트비용에 뜯기곤 했지요

밑 빠진 독에 물 붓고 남은 화투판 개평 같은 돈으로

고단함 달래줄 막걸리를 전쟁터 전리품처럼 들쳐메고

낮은 추녀 밑으로 허리 숙여 스며드는 일벌, 만성이는요

내가 꽈리고추 같은 자지로 새로 시침한 이불에 오대양 육대주를 그려넣던 시절의 만행과

볕 좋은 담벼락의 황토를 긁어먹어 기어코 바람구멍을 내놓던 기행을

낱낱이 지켜본 산 증인인데요 쥐방울 같은 눈에도 큰 그릇 같았지요

시시콜콜 다 받아주고 덜어주고 감춰주곤 했더랬지요

커서 뭐라도 될성 싶었지요 되도 크게 되겠구나 싶었지요

심사가 뒤틀린 어느 날 만성이의 팔뚝에 이빨 자국을 새겨

넣기도 했지만요

　술 심부름은 눈칫밥으로 잔뼈가 굵어가던 어린것의 부화를 달래기에 안성마춤이었지요

　홀짝홀짝 몇 순배 오간 막걸리 탓만은 아닐텐데요

　길도 취기가 도는지 갈지 자를 그렸지요 황톳빛으로 익어가던 쌍방울,

　친형제 못잖은 혈육이었지요 꿀단지는 못 되고 만성이의 애물단지였던 나는

　만성이와 한 살 터울 한 배는 아니지만 한 배를 탄 동지였지요

　도비산처럼 듬직하던 만성이는 여전히 대기만성 중이지요

　뭐라도 됐으면 싶은데요 되더라도 큰 그릇 됐으면 하는데요

꽃의 발명

어떤 말은 손목을 잡고
어떤 말은 발목을 잡는다
그 말이 꼬챙이가 되거나
꽃으로 피거나

돌부리는 말의 뿌리여서
시비를 걸고 넘어진다
마음에 다가가려 기를 쓰거나
무릎에 붙어서려 무릅쓰거나

꽃받침도 꽃자루도 없는 꽃을
발명케 하셨으니
넘어지며 일어서는
중화반점 짬봉국물 같은 이름
아 · 까 · 징 · 끼

석천암

시가 오지 않아 시큼털털한 날
외상값 받으러가는 사람처럼
시발시발詩發詩發
발발거리며
씩씩거리며
비로자나불 발등처럼 순하게 엎드린
도비산 자락에 나를 등 떠밀곤 하는데
딱히 믿는 구석도 없이
절집 가장 큰 어른 마애불 앞을
뭐라도 받아 적을 자세로
뎅그렁뎅그렁 촐랑거리다가
산그림자에 등 떠밀려 돌아와 보면
시가 먼저 와 기다리던 날
아주 없진 않아서
안 써져도 가고 못 쓰겠는 날은
기를 쓰고 가게 되는,
내가 미운 놈인지
우는 아인지 모르겠지만
곶감 빼먹듯이 드나드는 곳간
그 절간을 아시겠는지?

잘 풀리는 집

술술 풀리더라니까
손길 미치지 않는 곳이 없다니까
거실 침실 화장실 사무실 하물며
실실실 웃다 눈물이 맺히면 무안하지
그럴 때 그녀가 필요해

취한 소주병처럼 넘어져도 돼
커피든 코피든 쏟으면 좀 어때 콧물 좀 흘리면 어때
그녀 앞에선 엉엉 울어도 돼
흘리고 쏟고 쏘며 묻히고 젖으며 사는거야
눈물 콧물 물질에 약하지만
그녀는 절대 천박하지 않아
누가 있어 교교한 밤 정사의 마무릴 자처하겠어
젖은 손이 애처롭다고?

그러라고 내가 있는 거예요,
입꼬리 올라가는 것 좀 봐
옷매무새며 눈웃음까지 보송보송해
있는 듯 없는 듯
엠보싱한 그녀가 내미는 희디흰 것

\>

그거 알아?

잘 풀리는 집은 달라

인사해, 우리집 모나리자야

모나지 않은 여자

모질지 않은 여자 모나리자야

뽑아쓰고 풀어쓰며 나랑 살아

엄마의 등

속수무책일 때
비처럼 종종걸음으로 달려오는 이 있다
등을 구부려 비를 등지고 나를 숨긴다
날갯죽지 아래 어린것은 등이 따뜻하고
어미의 등에는 무수한 화살이 꽂힌다
사방으로 날개를 펼치는 그 햇살 같은 우산살 아래서 나는
무사하다

우산이 없으면
우산이 되는 일

나를 구부려 무수한 바깥의 안이 되는 일
기꺼이 기쁘게 등이 젖어도
비를 등진 그 자세만으로
큰 산,
어디 두고 올 수도 없는
당신의 우산

모과의 꿍꿍이

모월 모시의 모과
무성한 잎에 숨어 암중모색 중입니다
낯가림 하듯 두문불출하는 과일나라의 트로이 목마
불콰한 가을이 까무룩 황톳빛에 잠들면 빗장을 풀겠죠
향기의 사다리를 내리겠죠
난분분 뛰어내릴 심복들이 복중에 있습니다
모과향 깃발이 창궐하겠군요
패하고도 행복한 난리법석을 의아해 하지 않기로 합니다

모과는 온몸으로 향기, 향기의 족속
향기로 다스릴 모과의 서쪽을 도모하는 모과
모월 모시
모과의 모의를 묵인하는 당신은 공범
어떤 음모가 이보다 향긋할 수 있나요?

4부

날마다 빛잔치

갓 지은
햇살을 보내주셨습니다
넙죽 받아 밥을 안칩니다
살은 발라먹고
빛만 쌓입니다
먹는 즐거움이
키를 키워 당신으로 가는 길이
한 뼘은 줄었습니다
일용할 햇반이 어디서 오는지
하늘에 계신 아버지를
빼다 박은 얼굴이 한 뼘은 커져서
햇살을 거져 주시지 아니하면
무슨 낯으로 빛이겠냐며
갓 지은 밥처럼 말합니다
빛의 자녀인들 바라는 것
없을까요 바라는 것 없이
바라보는 것만으로
해바라기 소릴 듣습니다

집어등

태초에 두 개의 바다가 있었다 그 하나를 뒤집어 하늘이라 불렀다
하늘을 비틀면 아직도 비릿한 비가 떨어진다

깊고 넓고 먼 하늘을 표류하는 모기는 원래
날치와 한 족속이었다
물을 빼버린 텅 빈 하늘에서 연명하는 길은 밥그릇을 나눠갖는 것
피를 나눈 형제면 모를까
나눔에 짜디 짠 인류가 눈치는 날치보다 빠르다
모기장 그물을 치거나 파리채 작살을 휘두르기 일쑤다
그걸 모를 리 없는 모기들
음주단속 피하듯 피해 다니지만 죽음을 피할 재간은 없었으므로
피와 맞바꾼 동료들을 조문하는 일이 잦다
조등이 줄줄이 내걸린다 모집책 같은 조등
그 간절한 불빛에 홀려 추모객이 꼬리에 꼬리를 문다

무단복제를 금함

낡은 책방처럼 늙어간다

책잡히면 안 된다
책을 들어야 한다
늙어갈수록 책을 등져선 안 된다
꼰대소릴 듣지 않기 위해선
책등처럼 당당해야 한다고
깨알 같은 잔소리는 주책일 뿐이라고
교과서 목차처럼 말하는 것이
책꽂이에 꽂히는 책처럼 꽂히는 것이
고맙기도 하고
책방 여주인 같은 여자랑 시처럼 늙어가고 싶어서
시집을 펼친다
시집을 여는 말 시인의 말이 화려하다
시집 제목이 그러하듯이
그는 너무 근사하고

반딧불이

신호등이 없어도 좋았다
과속방지턱과 단속카메라를 모르고 살던 시절의
방지해야 할 과속과 단속해야 할 신호가 있을 리 없는
공중

표지판과 이정표의 하릴없고 하염없는 허공의 외곽
좌회전이거나 우회전하며
후진하며 전진하다
가문비나무 교차로를 배회하며
꺼트리며 꺼트리지 않으며 가는

불 꺼진 하늘, 단벌의 슈트를 자랑처럼 차려입었다
숨어 피는 모범운전자의 담뱃불처럼 한 모금씩 껌벅거리는 깜
박이
전멸하지 않고 점멸하는 후미등
근근히 입에 오르내리는 머나 먼
불빛

머라카노

  아메리카노를 손에 든 사람아 무슨 우승 트로피를 들어올렸을 때처럼

  근사해 보일 수도 있으나 대부분은 착시라는 것

  한 모금의 커피로도 위안을 얻을 수 있어야 하지만

  ㄱ자로 몸을 꺾어 인사 올리는 사람의 발등에 쏟아붓는 아메리카노의 뜨거움은

  쓰디쓴 굴종이어서 젖은 양말 같은 우리는 추억보다 기억에 기대어 살아갈

  기울어진 운동장이거나 시이소여서 쓴맛도 쓴맛이지만 뜨거운 눈물 같은 것에

  가슴보다 발등을 쓸어내려야 할 때가 있음을. 수치가 무르익어 사치가 될 수 있다면

  인생아 한 잔의 사치로도 가슴은 뜨겁고 공손한 손만은 꼿꼿하게 향기로웠으면 한다

사용설명서

제품의 평균 수명은 70~80년이며 사용 방법에 따라 10년 이상 연장이 가능합니다

사주와 팔자에 따라 제품의 성격에 다소 차이가 있을 수 있으나 사용하는 데는 지장이 없으므로 안심하시기 바랍니다.

사용중 하자가 발생하더라도 교환이나 반품은 불가합니다.

제품을 무리없이 사용하시려면 평소 건강검진과 자가진단을 통하여 미연에 질병을 예방하시는 것이 좋습니다.

평소 충분한 영양을 공급하고 꾸준한 운동으로 제품 사용에 지장이 없도록 하십시오.

허가받지 않은 보양식이나 불량식품 섭취로 인한 하자 발생시 본사는 책임을 지지 않습니다

사용 중 이상 징후 발견시 즉시 가까운 병원이나 의료기관에 방문하셔서 진료 받으실 것을 권장합니다

본 제품은 의료보험을 통한 진료비 감면 혜택을 받으실 수 있으며 무면허 진료 행위로 인해 발생하는 과실은 사용자에게 있음을 알려드립니다.

사용하시는 동안 불편함이 없도록 반드시 설명서 내용을 숙지하시고 올바르게 사용하십시오.

벗고 먹는 집

한쪽 팔을 가든의 어깨 위에 턱 걸쳐놓은
이십 년 지기 벗 벗나무
좀 건방져 보이긴 해도 없어서는 안될 동업자입니다
동업은 형제간에도 하지 말라는데 둘은
썩 괜찮아 보입니다
웬만해선 갈라 설 것 같지 않습니다
명의를 빌려준 벗나무 덕분에 밥집 상호는 벗꽃가든
열 일하는 동업자가 있어서 있어도 그만
없어도 그만이지만
낮엔 멀쩡해 보이던 간판이
불을 넣으면 '벗꼬가' 가 됩니다
이십 년 세월을 이길 순 없었겠지요
배 불리러 와서 벗고 갈 판입니다만
아무렴 어떻습니까
맛만 좋으니 허리띠 풀고
웃도리도 벗어놓고 배 두드리며 먹을 만큼 맛있는 것을
장사 밑천인 벗꽃 다 떨어져도
간판불은 꺼트리지 않는 벗꽃가든
이빨 빠진 간판이 바람 새는 소릴 하든 말든

첫눈

십이월의 더부룩한 하늘이 허리띠를 푼다

몽고반점 자욱한 엉덩이를 까고 볼일을 본다

헐거워진 괄약근을 통과한 싸라기똥

점묘법으로 뛰어내린다

윗분의 대소사가 아랫것들에겐 축복이다

긍휼

밤을 넘어 도둑처럼 왔다
언질도 귀뜸도 없이 다짜고짜
빨대를 꽂으려는 무례함에 하마터면
너의 뺨을 후려칠 뻔했다
아서라, 쪽박을 깨면 못 쓴다
나눔에 인색해선 안 된다
왼손이 하는 일 오른손이 모르게
호혜는 그렇게 하는 것이라고
네가 퍼나르는 동안 나는 딴청을 부린다
딱 잡아뗄 수도 있었다만
네 궁색을 인색하게 시치미떼기엔
이 밤이 실밥처럼 짧고
이번 여름은 이번 뿐이다 그리하여
물보다 진한 피는 네게로 흘러
저녁이 되었다
경광등을 켜고 사이렌을 울린다
공중부양하는 모기는 얼른 돌아가
부양할 가족이 있다
그렇기로 우리
두 번 다시 마주치지 말자

똥

마려움은 밤낮을 가리지 않고 찾아온다
가려움 만큼 참을 수 없는 마려움
내일로 미룰 수 없는 마려움을 달래어
네게로 데려가는 일은 용기가 필요하다
누이의 잠을 깨우는 일은 몇 곱절
용기가 필요하다
달도 무서워 은사시나무 뒤로 숨는 한밤중
떨리긴 매한가지인 누이를 문 밖에
달처럼 세워두고
무슨 꿍꿍이처럼 꿍꿍거렸다
먹성이 좋아 주는대로 받아먹는 너를
식구들은 뒷간이라 하였고 나는
변소라고 불렀다
뒤가 구린 너는 구멍난 양말 같아서
별과 달이 헛발을 디디곤 했다
똥 중에
가랑이 사이로 떨어지는 별똥별을 좋아해서
풋사과 같은 엉덩일 허물없이 까보이면
불쑥

>
빨간 휴지줄까 빨간 손이 쑥
파란 휴지줄까 파란 손이 쑥

비데보다 친절한 몽달귀신이
손수 뒷처리를 해주던 내 어릴적 변소는
물론, 수세식水洗式이었다

백제 칼국수

백제의 칼은 칼칼하고 얼큰하여
세상에 지거나 속았다는 기분이 들 때
슬픈 속을 달래주기엔 이만 한 게 없다
멀어서 긴가민가 한 사랑은
덜 우려낸 멸치 국물처럼 싱겁고
실패한 왕조처럼 내 속은 폐허다
나보다 나를 잘 아는 이는 없으므로
칼 하나로 백제를 지키는
칼국수집으로 나를 데려간다
백제는 남자를 뜨겁게 위로하는데
세상은 실패한 남자의 안부가 궁금하지 않은 모양이다
나 없이도 세상은 유유히 흘러갈테지만
낙화암 꽃잎 같은 고춧가루를 확 풀어
의자왕이 흘린 눈물을 생각하며 땀 흘려도 좋으리라
내 속은 황산벌
칼은 오장육부의 어디쯤 달려가고 있을까
세상은 나에게 밥 한 번 사주지 않았으나
백제의 칼맛을 보러가자고
앞장서 걷는 네가 고맙다

고분고분

그랬다. 반지하 방은 미처 발굴되지 못한 고분 같았다
외부와 소통하는 유일한 창구였던 창문은 하필
잘린 발목들만 보여주곤 했다 비의 발목만 보고 자라서일까
자주 발목이 시큰거렸던 나는 창밖 풍경들을 우러러 보곤 했다
굵은 장단지가 탐스럽던 플라타너스
창문만 한 이파리를 창문 앞에 던져놓고 가는 바람에
아까운 가을볕은 반토막이 났다 낙엽 뒤에서 낙엽처럼 떨어
야 했다
없는 집에 저녁은 왜 서둘러 찾아오는지
창문이 틀어주는 건 을씨년스러운 영상들 뿐이었다
삼류영화보다 삼류스러웠으나 그마저도
전파가 잘 잡히지 않거나 가래끓는 소리를 내기 일쑤였다
불량한 흑백티브이를 끄고 부장품처럼 누워있으면 자나 안 자나,
목 잘린 달빛이 기웃거리다 가곤 했다
지상보다 방은 깊어 잠도 깊었다
흑백으로 꾸는 꿈은 반토막 나지 않아 다행이었다
내 꿈은 자면서 자랐다 발굴되기까지
푸른 곰팡이가 벽화를 그리는 고분에서 고분고분
청춘의 반을 보냈다

싸움닭

없는 집에 허기는
닭서리 하는 여우처럼 스며든다
그것이 간절한 저녁
발 꼬고 앉아 더운 김을 쐬는 선녀탕
선녀의 숨겨둘 날개옷이 없으므로
보채는 허기나 달래볼까 하는데
기름기 쏙 빠진 그녀를 낚아채가는 여우
드르렁거리는 잠은 미깔맞고
닭 좇던 개처럼 서러워져서

먼 친척집 같은 베를린을 생각한다
동과 서 서로 흘려보내고 흘러들어
살 섞은지 오래라는데 우린
남 · 남 · 북 · 녀
싸움을 걸어도 받을 줄 모른다
비무장지대 같은 여자 휴전선 같은 여자
이 비좁은 반도, 반도빌라에
양념 반 후라이드 반
반반 치킨 같은 남과 북

> 봉쇄수도원 같은 북쪽을 향해
우당탕탕 총구를 들이대는 남쪽
그쪽은 선을 넘지 말라지만 호시탐탐 북침을 노린다
꿍꿍 앓는 휴전 말고 이기는 것에 목숨 걸지도 말고
그냥 한 번 붙어봄이 어떠한가
적화든 평화든 통일은 그 후에나

꺾쇠

자꾸 구부정해지는
공☆의 한쪽 모서리를
바로잡을 겸
내소사 노스님
짚고 다니던 벚나무 지팡이를
괴어 놓았는데

죽지 않고 살아서
꺾쇠에 비치는 홍분스런 기미
공양주 보살 머리핀 같은
벚나무,
안간힘으로 봄을 건넌다
능가산 산그림자를 떠받치느라
허리 뻐근하여도
벚꽃 입에 빼어 물었다
머리엔 호들갑스런 꽃핀
꽃핀을 꽂고 백년
백년을 쉬지않고 걸었다 생각했는데
여태 그 자리

>
부처도 가고 스님도 가고
산도 절도 가고 봄마저 가는데
어딜 가지도 못 하고

고것 참

꿀 치는 벌이 다녀간 뒤
암술과 수술
눈빛이 달라지더군
꿀이 뚝뚝 떨어지더라니까

너랑 살구 싶어

꽃분 찍어 바르고
신방을 차리더라니까

참 빠르지

풋
배꼽 잡는 아이
이름 이미 지어놨더라니까

살구야
배꼽 빠질라

쇠붙이
― 용접사 친구를 위한 노래

그나마 다행이다
잇고 봉하고 땜하는 재간이 있어서
끊긴 건 잇고 떨어진 건 붙이고 뚫린 것 메꾸느라 애쓴다
더러는 막힌 걸 뚫기도 한다
데면데면한 쇠와 쇠 사이 다리를 놓는 일은 불꽃 튀는 연애 보
다 뜨겁다
꽃피는 일이 화농이요 화염이다 철 따라 피는 꽃 본 적 있는가
그가 철 따라 일렬로 부려놓는 꽃은 어디로 튈지 모르고 뜨겁고
눈이 부셔 똑바로 쳐다볼 수 없다
불 없이도 뜨거운 여름, 봉제선 따라 지글지글 피는 불꽃은 생
계여서
꽃에 데인 손등 타는 듯해도 징글맞게 폈으면 좋겠다 말하고
갓파치 아파치는 있는데 쇠부치는 없어서 마음 데인 듯하고

쇠붙이는 잘 붙여도 정은 못 붙이는지 집에서 멀다
붙임성 좋은 그도 채 해결 못 한 일 있어 용접봉에 불을 붙여
쇠를 꿰맨다
한 마디 덧붙이자면 너나 나나 활짝 폈으면 하고
어디로 튈지 모르는 불똥 같은 여자 하나 붙여줬으면 하는데
잘 되면 술이 서 말이다 지용아

이별하는 중입니다

어제와 이별하고 오늘도 헤어지는 중이다

열두 시와도 이별해야 한다

나무를 떠나간 목련

물과 결별하는 수련

삼천궁녀처럼 뛰어내리는 소낙비

비의 눈물이 풀잎에겐 축복이다

목청 돋구던 매미가 소란을 거둬들였다

서늘한 가슴 더듬던 담쟁이도 정을 거둬들여야 할 때가 온다

돌아보면 이별 아닌 게 없다

하늘을 등진 새

산다는 건 하루하루 멀어지는 일

눈이 흐릿해진다

헤어지려는 것들의 뒷걸음질 때문이다

꽃을 버린 자두나무

자두를 굴리며 마음 가라앉히는 중이다

너의 이별이 이렇게 반가울 수가

이 땅의 장삼이사張三李四들을 위한 헌사獻詞

황치복 문학평론가

이 땅의 장삼이사張三李四들을 위한 헌사獻詞

황치복 문학평론가

1. 언어에 대한 감각과 자의식

이원형 시인의 이번 시집 『이별하는 중입니다』에서 가장 주목되는 점은 이 땅에서 이름 없이 살다간 서민들, 혹은 풀과 나무들을 위한 위로와 애도의 마음이 넘치고 있다는 점이다. 너무 평범해서, 돌올하지 못해서 주목받지 못하고, 온전히 자신의 가능성도 꽃피워 보지 못하고 신산한 삶을 살아간 민초들, 혹은 생명들에 대한 애틋한 시선으로 위로와 위안을 보내고 있다는 것이다. 그래서 이원형 시인의 이번 시집은 이 땅의 이름 없는 필부필부匹夫匹婦, 혹은 장삼이사張三李四들을 위한 하나의 헌사獻詞라고 할 만하다.

그런데 본격적으로 이원형 시인의 시집이 향하고 있는 본령으로 들어가기 전에 시인의 언어에 대한 관심과 시에 대한 메타적인 관심을 먼저 살펴볼 필요가 있다. 언어에 대한 관심, 시에 대한 메타적 관심은 시인의 시에 대한 자의식과 시의식, 그리고 시라는 예술적 영역에 대한 시인의 관념을 고스란히 투영하고 있기 때문이다. 시인은 다양한 시편에서 우리말에 대한 관심을 보여줄 뿐만 아니라 우리말의 오묘한 활용과 접목에 대해서 예리한 감각을 뽐내고 있다. 언어의 기표적 놀이와 유희에 가까운 이러한 관심은 시인의 덕목으로서 언어적 자의식을 드러내는 국면이라고 할 만하다. 먼저 시 한편을 읽어보자.

시간을 관장하는 신이 기르는 새가 있었다
신의 정원에서 새를 돌보던 동자는
무슨 까닭으로
신이 외출한 사이 새장을 열어 새들을 날려보내고
시침 뚝 뗐다
분노한 신은 동자를 시간 속에 가둬버렸다

분침이 한 발 뗄 때 마다
너는 육십 번씩 뛰어라

시간이 간다는 사실을 몰랐다
어느새 눈깜짝할새가 날아온 후
사람들은 시간의 노예로 살아야 했다
시간에 쫓겨 허둥지둥
어느새와 눈깜짝할새라는 말을
입에 달고 살았다

쫓아버릴 수도 없는 새

나는 법을 잊어버린 새

—「어느새 눈깜짝할새」 전문

"시간을 관장하는 신이 기르는 새"란 물론 시간을 의미하는 '사이', 혹은 '순간'이나 "찰나"를 의미한다. 하지만 "신이 외출한 사이 새장을 열어 새들을 날려보내고/ 시침 뚝 뗐다"라는 표현을 보면 그것은 분명 하늘을 날아다니는 새가 분명하다. 그런데 시인이 만들어낸 "어느새"와 "눈깜짝할새"라는 새는 사람들을 "시간의 노예"로 만든다는 점에서 다시금 시간적 강박관념을 의미하는 찰나와 순간의 의미를 지닌 '짧은 시간의 지속'을 환기한다. 그런데 다시금 시의 마지막에서 "쫓아버릴 수도 없는 새/ 나는 법을 잊어버린 새"라는 구절을 보면, 그것은 하늘을 나는 자유와 비상의 상징으로서의 새임이 분명하다.

이처럼 하늘을 자유롭게 날아가는 새라는 의미와 짧은 시간의 지속을 의미하는 순간과 찰나라는 새의 의미가 중의적인 의미로 포개져 있는 "새"라는 어휘는 묘하게 서로를 비추는 의미자장을 형성한다. 하늘을 날아다니는 새란 자유롭지만, 순식간에 눈앞에서 사라져버리는 것이며, 그것의 비행 궤적이나 흔적이 좀처럼 명중하게 잡히지 않는 것이기도 하다. 또한 시간이라는 것도 눈으로 확인하기 어려운 것이며, 그것의 궤적과 흔적을 감각적으로 확인하는 것이 어려운 것이기도 하다. 그래서 새나 순간이 지나가고 나면 사후적으로 그것이 잠깐 명멸했다는 것을 확인할 수 있다는 점에서 그것들은 '어느새'이고 '눈깜짝할새'이기도 한 셈이다. 시인의 절묘한 언어감각을 확인할 수 있는 작품이다.

이원형 시인은 이 외에도 「오십견 길들이기」에서는 "오십 줄에/ 견갑골의 통증을 감수하며 개를 키운다"라고 하면서 '오십견'이라는 회전근개파열증을 어깨 속에 들어온 '개'라고 해석하며 너스레를 떨고 있다. 「벗고 먹는 집」이라는 시편에서는 "벚꽃가든"이라는 식당이 하나 있었는데 간판의 글자가 떨어져서 밤에 불빛이 들어오면 "벗꼬가든"이 된다는 것, 그래서 그 식당은 "웃도리도 벗어놓고 배 두드리며 먹을" 수 있는 "벗고 먹는 집"이 된다는 해학을 늘어놓고 있기도 하다.

　또한 「그만」이라는 작품에서는 "고분에서 출토된 고분고분한 여자"라고 하면서 언어유희를 시도하고 있고, 「고분고분」에서는 "반지하 방은 미처 발굴되지 못한 고분 같았다"라고 규정하고 "푸른 곰팡이가 벽화를 그리는 고분에서 고분고분/ 청춘의 반을 보냈다"라고 하면서 역시 언어유희를 시도하면서도 심각한 메시지를 함축해 놓고 있기도 하다. 한편, 「까스 활명수」라는 시에서는 "꽃 좋아하는 여자/ 마흔의 경계를 넘어선 그녀가/ 가슴에 달고 사는/ 부화와 울화를 아시는지"라고 하면서 노엽거나 분한 마음과 마음속에서 답답하여 일어나는 화를 지칭하는 '부화'와 '울화'를 꽃으로 지칭하며 시치미를 떼고 있다. 그러면서도 "화딱지를 꽃핀처럼 달고 사는 민자씨의/ 일회용 소화기/ 부채표 까스활명수를 쏟아붓는다/ 꽃을 죽여 꽃을 살리는 일/ 꽃 좋아하는 그녀도 질색하는/ 울화꽃 부화꽃 치밀어 오르며 핀다"라고 하면서 가슴 먹먹한 울림과 감동을 전해주기도 한다. 다음 작품 또한 시인의 언어감각을 보여주기에 손색이 없다.

비웃거나 비꼬면 안돼요

하늘에 핀 목화 잘 여문 구름을

비비 꽈 봐요

울울창창 비가 된다는군요

천상의 목화밭이 궁금하다구요?

팽팽한 빗줄기를 잡고 거슬러 오르면

목화언덕

악공의 집에 닿을 수 있어요

수 만 가닥 비를 조율하는 틈을 타

슬쩍 악보를 가져오죠 뭐

비를 켜 볼까요

저요저요

음표들이 통통 튀어오르겠죠

모데라토 알레그로 안단테

저만의 속도로 한 뼘씩 자라는 푸른 악보들

비오는 날엔 비올라를 켜봐요

비올라만큼 비의 리듬을 잘 타는 악기는 없죠

비나리 비나리

비의 화음에 젖어 좌우로 건들건들

음악 좀 아는 나무들은

비올라 연주를 들으며 커요

나도 그래요

— 「비올라」 전문

물론 "비올라"란 서양 현악기의 하나로서 바이올린보다 조금 크고 네 줄로 되어 있으며, 바이올린의 바로 아래 음역을 맡는데 대체로 어둡고 둔한 느낌의 소리를 내는 악기이다. "비오는 날엔 비올라를 켜봐요/ 비올라만큼 비의 리듬을 잘 타는 악기는 없죠"라는 구절을 보면 분명 비올라는 바이올린과의 악기를 지칭하고 있음을 알 수 있다. 하지만 "팽팽한 빗줄기를 잡고 거슬러 오르면/ 목화언덕/ 악공의 집에 닿을 수 있어요"라는 표현이나 "수 만 가닥 비를 조율하는 틈을 타/ 슬쩍 악보를 가져오죠 뭐/ 비를 켜 볼까요"라는 대목을 보면 '비올라'라는 악기는 자연의 현상으로서 강우降雨 현상이 일으키는 천상의 연주임을 짐작할 수 있다. 비올라의 연주는 비가 오면서 내는 소리의 화음으로서 자연의 소리가 만들어내는 천상의 음악을 의미하고 있는 것이다. 또한 "모데라토 알레그로 안단테/ 저만의 속도로 한 뼘씩 자라는 푸른 악보들/ 비오는 날엔 비올라를 켜봐요"라는 대목을 보면, '비올라의 연주'란 초목의 성장을 촉진하는 비의 연주로서 비를 맞고 자신에게 특유한 개성으로 자라는 식물의 성장 속도가 연출하는 어떤 화음을 상정하고 있는 것이다. 그러니까 '비올라'라는 악기의 연주는 비오는 날에 어울리는 약간 어둡고 둔한 느낌의 현악기의 연주이기도 하지만, 비가 오면서 내는 소리의 화음, 혹은 초목들이 비를 맞고서 자라는 그 성장의 움직임이 그려내는 어떤 질서와 조화를 의미하기도 한 것이다. '비올라'라는 어휘를 가지고 이 만큼 풍부한 이미지와 의미 자장을 산출할 수 있다는 점에서 시인의 언어감각을 여실히 보여주고 있는 작품이라 할 수 있다.

2. 시詩에 대한 메타적 관심

시의식의 시적 관심을 읽어내기 위해서는 시인이 시에 대해
서 어떻게 생각하는지를 파악하는 것이 지름길이다. 시에 대한
생각은 그곳에 담길 시적인 것에 대한 생각을 담고 있으며, 그러
한 점에서 시인이 시로 쓴 시론은 시인의 생각하는 시로 접근하
는 가장 정확하고 빠른 지름길이 되는 셈이다. 시에 대한 메타적
관심이라고 할 수 있는 시인이 시로 쓴 시론에 대해서 접근해 보
자.

정부는거리를두라엄포를놓지만
작금의시와시인은그래서는아니된다
시라면모름지기온기를잃지말아야지
띄어쓰기라니거리두기도부질없는것
오밀조밀어깨를맞댄문장들의친밀이
시의맛과멋을드높이는최선아니겠는가
재잘재잘조잘조잘바짝붙어침튀기는
저들좀봐비탈의산벚나무를섬진의매화를
산수유를저들이언제등돌리고앉아있든
띄엄띄엄떨어져앉든저만치거리를두든
모쪼록문장의밀접접촉자가되어야한다
떨어져앉지도거리를두지도말아라시야
할말은하는꽃처럼팡팡내지르라침튀겨라
미열같은잔기침같은시를퍼뜨리며살아라

제몫의분홍을백일만에다써버리는

배롱나무같은시인아꽃받으러가자.

— 「할 말 있어요」 전문

전대미문의 코로나 팬데믹 사태를 맞아서 정부는 감염병 확
산 방지를 위해서 거리두기와 모임금지를 강조하고 있다. 시인
은 이러한 보건 위생적 효과를 위한 현실적인 조치에 항의하면
서 사람들 사이의 "온기"를 강조한다. "시라면 모름지기 온기를
잃지 말아야지"라고 하면서 인간들 사이의 공감과 연대를 통해
서 획득할 수 있는 '온기'를 강조하고 있는 것이다. 그래서 시인
은 이러한 온기를 얻기 위해서 더욱 오밀조밀하게 어깨를 맞댈
것을 요구하기도 하고, 밀접 접촉자가 될 것을 강조하기도 한다.
그리고 이처럼 가깝고 바짝 붙어 앉아서 살아야 할 이유를 자연
의 질서에서 발견하여 제시하는데, "저들 좀 봐 비탈의 산벚나
무를 섬진의 매화를/ 산수유를 저들이 언제 등 돌리고 앉아있
든"이라는 구절 속에 응축해 놓고 있다. 시인은 사람들이 거리
두기와 떼어 앉기를 하지 않기를 바라는 마음을 시의 형식에 담
아내고 있기도 한데, 띄어쓰기 없이 촘촘하게 서술되어 있는 시
행의 형식이 이를 대변해주고 있다. 그러니까 시인은 인간들 사
이의 연대와 공감, 공동체적 삶의 모습을 시가 포착해야 할 가장
바람직한 모습으로 그려내고 있는 셈이다. 다음 작품 역시 시인
의 시에 대한 인식을 잘 보여준다.

해바라기는 해를

나팔꽃은 나팔을
며느리밥풀꽃은 며느리 밥풀을
버젓이 가져다 쓴다
우산나물은 우산을 베끼고
개망초는 삶은 계란을
흙먼지 뒤집어 쓴 배추마저
장미를 따라하느라 애쓴다
겹겹의 꽃치레를 베꼈는데
그럴싸하다

둘러보면 표절 아닌 게 어딨나
감쪽같이 속이기도 하고
알면서 넘어가 주는 거다
아버지를 표절한 나는 아버지를
빼다 박았다
투구꽃이 투구를
개불알꽃이 개불알을
맨드라미가 닭벼슬을 제 것인 양
가져다 쓰는 뻔뻔한 시국이다
손 놓고 있던 나야말로
세상에 지는 게 아닌가 하는 조바심
너도바람꽃이 바람을 표절하는
어수선한 틈을 타
어디서 많이 본 듯한 시 한 줄

데려와 슬쩍 끼워넣었다

감쪽같다

앞뒤로 아귀가 맞는 것이

처음부터 내 것이었다는 듯이

―「베껴쓴 시」 전문

"해바라기는 해를/ 나팔꽃은 나팔을/ 며느리밥풀꽃은 며느리밥풀을/ 버젓이 가져다 쓴다"라고 하면서 그처럼 가져다 쓰는 것을 시인은 "베껴쓴다"고 하기도 하고, "표절"이라고 단정하기도 한다. 하지만 시적 맥락을 잘 살펴보면 그것은 베껴쓰거나 표절하는 것이 아니라 사물들 사이에서 형성되는 공감共感과 교감交感이라고 할 수 있다. 우산나물은 우산을 마주보고 있고, 개망초는 삶은 계란을, 그리고 흙먼지 뒤집어 쓴 배추는 장미와 서로 마주보고서 닮으려고 애쓰고 있는 것이다. 그러니까 그들이 서로 닮으려고 애쓰거나 베껴 쓰는 것은 둘만의 관계를 형성하고 서로 마주보면서 교감하고 있는 장면이기도 한 셈이다. 시인은 이러한 장면을 보면서 "어수선한 틈을 타/ 어디서 많이 본 듯한 시 한 줄/ 데려와 슬쩍 끼워넣었다"고 고백한다. 시인이 시 한 줄을 데려와 끼워놓은 곳은 바로 사물들이 서로 관계를 형성하고 교감하고 있는 장면 속이며, 그러한 교감과 공감을 베끼는 것이다. 그러니까 사물들이 교감하는 순간을 시가 거울로 비추듯이 베껴쓰는 것인데, 그처럼 베껴쓰는 행위 역시 사물들의 교감과 교감하는 행위라고 할 수 있을 것이다. 그러니까 시란 자연 사물들이 교감하는 장면을 포착하여 그것을 그리는 것이며, 그러한 점에서 자연과 교감이라고 할 수 있을 것이다.

인간들 사이의 공감과 연대, 그리고 자연적 사물들과의 교감이 이원형 시인의 시적 자산이며 질료임을 알 수 있는데, 시인의 시적 관심이 공동체적 연대와 자연과의 교감에 국한되지는 않는다. 시인은「도시락」이라는 시에서 최첨단의 4차 산업 혁명을 살고 있는 현대인에 대해서 "핸드폰을 돌도끼처럼 들고 횡단보도를 건너는 이십일 세기 네안데르탈인"이라고 하면서 "도끼의 숫자판을 두드리면 산 너머 남자나 강 건너 여자를 호출하거나/ 낭만적인 대화를 나눌 수 있다 간혹 시부럴시부럴 시 같은 말들을 부려놓곤 하는데/ 이거 괜찮다, 싶으면 시인은 미끼를 던진다"라고 하면서 최첨단의 도시 문명이 중요한 시적 요소가 될 수 있음을 암시하고 있기도 하다. 하지만 인간의 체온과 온기를 중시하는 시인의 관심은 아무래도 그러한 최첨단의 문명에서 뒤처져 힘겹게 도시의 일상을 살아가는 모자라고 부족한 사람들의 신산한 삶이라고 할 수 있는데, 그러한 점에서 다음과 같은 상황이 시적인 것의 가치를 대변해준다.

3. 시적인 것, 혹은 시적 감동의 출처

바깥쪽을 갉아먹은 신발 뒷축이 과적차량처럼 삐딱하여 운행중에

넘어질뻔 했노라고 굽은길을 도는 트럭처럼 말하는 너는

한쪽으로만 닳는 이유가 편식 때문만일까

삐닥한 자세를 바로잡을 생각 없는 지구별

몸을 부리는 마음이 삐닥한 탓이라고 마음을 탓해선 안 된다

될 성 싶지 않은 아이도 제 밥값하는 반듯한 날이 온다

왈칵, 향기를 쏟는 목련

삐닥함을 절묘한 균형미로 되살리는 동백의 세련이 이목을

끈다

지구별 담벼락에 꽃무늬를 그려넣는 봄은 당분간 무휴

노곤한 봄의 잠도 삐닥하겠다

삐닥한 지구를 딛고 섰으려니 삐닥해질 수밖에

삐닥한 것들이 인간적이다

삐닥해서 인간이다 참 이상도 하지

피사의 사탑이 한쪽으로 슬몃 기우는 까닭은 몰라도 그만이다

삐닥한 것들이 만드는 풍경

초등의 손글씨처럼

꽃을 탐문하는 나비 좀 보아

너를 찾아가는 나를 좀 보아

—「삐딱해서」 전문

"삐딱하다"는 것은 물론 물체가 비스듬하게 기울어져 있거나, 마음이나 행동이 바르지 못하고 조금 비뚤어져 있는 것을 치칭한다. 의미 자체로 보면 바람직할 것이 없다. 하지만 시인은 삐딱한 것이야말로 인간적이며 가치 있는 것이라고 강조한다. 왜

그러한가? 시적 논리에 의하면 지구는 "삐딱한 자세를 바로잡을 생각"이 없는데, 그러한 자세가 온갖 변화와 생성을 촉진하기 때문이다. 그리고 "될 성 싶지 않은 아이"가 바로 삐딱한 아이라고 할 수 있는데, 그는 기존의 질서와 관습에 불만을 가지고 있기에 나중에는 "제 밥값하는 반듯한 날"을 기약한다. 무엇보다 삐딱한 것은 "초등의 손글씨처럼" 불안하고 불완전하지만 순수함을 대변하고, "꽃을 탐문하는 나비 좀 보아/ 너를 찾아가는 나를 좀 보아"라는 구절에서 알 수 있듯이 가치와 의미를 생성하는 일탈을 표상하기도 한다. 삐딱하다는 것은 그러니까 어떤 원칙과 질서에서 벗어나 새로운 시도를 해 본다는 것, 불완전하고 허술하기에 고고하게 홀로 독립하지 않고 타자를 향해 관심과 공감을 발산하는 기제가 되는 셈이다. 그러니 시인에게 "삐딱하다"는 것이 인간적인 아름다움을 지니고 있는 것이며, 시적인 가치를 지니고 있는 것이다.

인간적인 아름다움을 체현하고 있는 대상은 이 세상의 어미만한 것이 없을 것이다. "속수무책일 때/ 비처럼 종종걸음으로 달려오는 이 있다/ 등을 구부려 비를 등지고 나를 숨긴다/ 날갯죽지 아래 어린것은 등이 따뜻하고/ 어미의 등에는 무수한 화살이 꽂힌다"(「엄마의 등」)라는 표현을 보면 고슴도치처럼 무수한 비의 화살을 등에 꽂은 채 어린 것을 보호하는 어미의 모성을 볼 수 있는데, 시인이 시적인 것으로서 좋아할 만한 풍경임을 쉽게 짐작할 수 있다. 또한 "돌아보면 이별 아닌 게 없다/ 하늘을 등진 새/ 산다는 건 하루하루 멀어지는 일/ 눈이 흐릿해진다/ 헤어지려는 것들의 뒷걸음질 때문이다"(「이별하는 중입니다」)라는 표현에는 유한한 존재로서의 인간의 한계 상황과 그것을 대하는 애틋한 정동이 함축되어 있는데, 이러한 인간적인 연민과 동정을 야기하는 풍경이야말로 시인이 가장 시적인 것으로 주목하고 포착하는 시적 대상임을 확인할 수 있다. 결국 여리고 아름다운 것, 불완전하고 유한하지만 인간적인 가치를 지니고 있는 것들이 시인이 숭상하는 대상이라고 할 수 있는데, 다음 작품도 그러한 시적인 것 가운데 하나이다.

'그리고' 때문에 술술 풀리지
모든 대화의 실타래 같은 그리고
한강 철교와 영도다리 같은 그리고
엄마와 아빠 사이 실낱 같은 희망
나는 그리고야 나 아니면 무엇으로
부부 사이 다리를 놓았겠어
찔레꽃 같은 누나와 윗말 산적 같은 형의 순정에 끼어든 나는
그들의 그리고였지
나 없이 그들의 더딘 연애가 가능했겠어
전화기도 없던 시절 나는 그들의 이동통신
물앵두꽃 핀 봄입니다라고 말문을 연 산적의 쪽지는 나 하기
에 달렸지
눈깔사탕에 홀려 넘나든 연애의 국경은 달달하였지
그리고 대신 그래서나 그리하여를 써도 되지만 맛이 떨어져
그러나가 어깃장을 놓을 때 손 잡아준 그리고
모든 연애의 출렁다리 그리고

그리고를 건너는 짜릿함

성춘향과 이몽룡의 연애에 징검돌을 놓던

향단이 '그리고'

— 「그리고의 쓸모」 전문

　시인이 예찬하는 "그리고"란 미디어media, 중계, 중매, 영매靈
媒라는 말로 대체해도 될 것이다. 이것과 저것을 이어준다는 것,
두 사람 사이에서 소통의 매개체가 된다는 것을 의미한다. 그러
니까 '그리고'는 "한강 철교와 영도다리 같은" 것으로서 "엄마와
아빠 사이"를 이어주는 '실낱' 같은 것이며, "찔레꽃 같은 누나와
윗말 산적 같은 형의 순정"을 이어주는 메신저 messenger이기도
하다. 물론 '그리고'는 "성춘향과 이몽룡의 연애에 징검돌을 놓
던/ 향단이"이기도 하다. 그런데 시인은 왜 엄마와 아빠, 누나와
형, 성춘향과 이몽룡에 주목하지 않고 실낱과 메신저와 향단이
에 주목하는 것일까? "그리고의 쓸모"라는 제목을 생각해 보면,
'그리고'가 그토록 의미가 있고 가치 있음에도 불구하고 세상의
관심으로부터 소외받고 배척당했기 때문이 아닐까? 마치 꽃가
루가 운반되어 수분受粉이 이루어지는 충매蟲媒의 담당자인 온갖
곤충과 벌, 나비 등이 생명의 메신저 역할을 함에도 불구하고 그
기능과 역할이 부각되지 않듯이 말이다. 따라서 '그리고'란 이
세상의 주인공이 아닌 조연들, 영웅이 아닌 필부필부匹夫匹婦의
이름일 수 있으며, 그들이 세상을 연결하고 생명을 잉태하는 생
산적인 노동의 다른 이름일 수도 있는 것이다. 결국 시인이 주목
하는 시적인 것의 궁극적인 대상은 바로 이 땅을 떠받치는 이름

없는 장삼이사張三李四들의 삶인 셈이다.

4. 이 땅의 장삼이사張三李四를 위한 헌사獻詞

　만성이가 누구냐구요?

　어머니 둘째 오빠 복환씨의 셋째 아들인데요

　대기만성 하라고 붙여준 이름인데요

　아버지가 빚어준 그릇을 채우느라 아직도 쩔쩔매지요

　공장 기름때를 로션처럼 바르고 묵은 먼지를 분가루인양 뒤집어 쓰고

　받은 삯으로 조강지처 부라자 빤스 사 나르고

　아들놈 대학등록금 쏟아붓고 딸년 데이트비용에 뜯기곤 했지요

　밑 빠진 독에 물 붓고 남은 화투판 개평 같은 돈으로

　고단함 달래줄 막걸리를 전쟁터 전리품처럼 들쳐메고

　낮은 추녀 밑으로 허리 숙여 스며드는 일벌, 만성이는요

　내가 꽈리고추 같은 자지로 새로 시침한 이불에 오대양 육대주를 그려넣던 시절의 만행과

　볕 좋은 담벼락의 황토를 긁어먹어 기어코 바람구멍을 내놓던 기행을

　낱낱이 지켜본 산 증인인데요 쥐방울 같은 눈에도 큰 그릇 같았지요

　시시콜콜 다 받아주고 덜어주고 감춰주곤 했더랬지요

커서 뭐라도 될성 싶었지요 되도 크게 되겠구나 싶었지요

심사가 뒤틀린 어느 날 만성이의 팔뚝에 이빨 자국을 새겨넣기도 했지만요

술 심부름은 눈칫밥으로 잔뼈가 굵어가던 어린것의 부화를 달래기에 안성마춤이었지요

홀짝홀짝 몇 순배 오간 막걸리 탓만은 아닐텐데요

길도 취기가 도는지 갈지 자를 그렸지요 황톳빛으로 익어가던 쌍방울,

친형제 못잖은 혈육이었지요 꿀단지는 못되고 만성이의 애물단지였던 나는

만성이와 한 살 터울 한 배는 아니지만 한 배를 탄 동지였지요

도비산처럼 듬직하던 만성이는 여전히 대기만성 중이지요

뭐라도 됐으면 싶은데요 되더라도 큰 그릇 됐으면 하는데요

— 「만성이」 전문

"대기만성 하라고 붙여준 이름"인 만성이는 전혀 큰 그릇이 안되고 작은 그릇도 감당하지 못해 쩔쩔매고 있다. "공장 기름때를 로션처럼 바르고 묵은 먼지를 분가루인양 뒤집어 쓰고/ 받은 삯으로 조강지처 부라자 빤스 사 나르고/ 아들놈 대학등록금 쏟아붓고 딸년 데이트비용에 뜯기곤" 하는 만성이는 우리 사회에서 볼 수 있는 땀 흘려 일하며 작은 행복을 꿈꾸는 성실한 서민일 뿐이다. 시적 화자는 "커서 뭐라도 될성 싶었지요 되도 크게 되겠구나 싶었지요"라고 하지만 만성이는 "여전히 대기만성 중"인 사람, 즉 큰 사람이 되기 위해서는 아직도 많은 노력과 시간이

필요한 그러한 사람에 불과하다. 시적 화자는 여전히 "뭐라도 됐으면 싶은데요 되더라도 큰 그릇 됐으면 하는데요"라고 희망을 버리지 않고 있지만, "고단함 달래줄 막걸리를 전쟁터 전리품처럼 들쳐메고/ 낮은 추녀 밑으로 허리 숙여 스며드는 일벌, 만성이는" 이미 우리 사회의 중추적 역할을 담당하는 큰 그릇이 아니라고 누가 말할 수 있을까? 세상사의 온갖 간난신고를 "시시콜콜 다 받아주고 덜어주고 감춰주곤" 하던 만성이가 큰 그릇이 아니면 누가 큰 그릇일 수 있을까?

우리 사회의 '그리고'와 같은 존재가 이 시집에서 만성이만 있는 것은 아니다. "꽃게의 가위질을 전수받은 아가씨"로 시집도 못간 채 "갈빗집 흥성한 홀을" 누비며 갈빗살을 자르는 "꽃게 아가씨"(「꽃게 아가씨」)가 그러하고, 밧줄 하나에 목숨을 의지하며, "기댈 데라곤 허공밖에 없어/ 굴비 엮듯 엮어 허공의 아가리에 나를 던져주며/ 수심을 재듯 허공의 깊이를 재며/ 유리창을 닦는 스파이더맨"(「유리창을 닦는 스파이더맨」)이 또한 그러하다. 밧줄이 확 풀리기라도 하면, "외마디 비명을 떠안은 바닥에선/ 명자꽃 보다 낭자한 꽃이 필"(「유리창을 닦는 스파이더맨」) 운명을 감당하고 있는 모든 이름 없는 민초들이 바로 그러한 존재들이라고 할 수 있는데, 다음 작품의 용접사 또한 예외가 아니다.

그나마 다행이다
잇고 봉하고 땜하는 재간이 있어서
끊긴 건 잇고 떨어진 건 붙이고 뚫린 것 메꾸느라 애쓴다

더러는 막힌 걸 뚫기도 한다

데면데면한 쇠와 쇠 사이 다리를 놓는 일은 불꽃 튀는 연애 보
다 뜨겁다

꽃피는 일이 화농이요 화염이다 철 따라 피는 꽃 본 적 있는가

그가 철 따라 일렬로 부려놓는 꽃은 어디로 튈지 모르고 뜨
겁고

눈이 부셔 똑바로 쳐다볼 수 없다

불 없이도 뜨거운 여름, 봉제선 따라 지글지글 피는 불꽃은
생계여서

꽃에 데인 손등 타는 듯해도 징글맞게 폈으면 좋겠다 말하고

갓파치 아파치는 있는데 쇠부치는 없어서 마음 데인 듯하고

쇠붙이는 잘 붙여도 정은 못 붙이는지 집에서 멀다

붙임성 좋은 그도 채 해결 못 한 일 있어 용접봉에 불을 붙여
쇠를 꿰맨다

한 마디 덧붙이자면 너나 나나 활짝 폈으면 하고

어디로 튈지 모르는 불똥 같은 여자 하나 붙여줬으면 하는데

잘 되면 술이 서 말이다 지용아

     — 「쇠붙이 —용접사 친구를 위한 노래」 전문

이 땅의 '그리고'와 같은 존재가 용접 일을 하는 용접사 "지용"
이라는 인물이다. 그가 하는 일은 "끊긴 건 잇고 떨어진 건 붙이
고 뚫린 것 메꾸느라 애쓴다/ 더러는 막힌 걸 뚫기도 한다"는 구
절에서 알 수 있듯이, 그야말로 둘 사이를 연결하는 '그리고'와

같은 역할이라고 할 수 있다. "데면데면한 쇠와 쇠 사이 다리를 놓는 일"이 바로 그가 하는 일이라는 점에서 그는 둘 사이를 이어주는 중개자 역할을 하는 셈이다. 그가 하는 일은 결코 쉽지 않아서 "불 없이도 뜨거운 여름, 봉제선 따라 지글지글 피는 불꽃은 생계여서/ 꽃에 데인 손등 타는 듯해도 징글맞게 폈으면 좋겠다"는 구절에서 알 수 있듯이, 불꽃을 다루면서 그 속에서 생계를 이어가고 있다. 붙이는 것이 적성이고 붙임성 좋은 것이 그의 재간임에도 불구하고 그는 정을 못 붙여 혼자 살고 있다. 시적 화자는 그를 위해서 "어디로 튈지 모르는 불똥 같은 여자 하나 붙여줬으면 하"는 소망을 품어본다. '그리고'가 '그리고'를 부르는 장면이라고 할 수 있는데, 이처럼 무수한 '그리고'가 '그리고'를 부르며 세상은 굴러갈 것이다.

이원형 시인의 첫시집 『이별하는 중입니다』를 조감해 보았다. 시인은 어딘지 어눌하고 부족하며, 불완전하고 유한한 현상에 애틋한 마음을 가지고 접근하며, 그러한 틈과 허점을 통해서 인간적인 매력을 발견하려고 한다. 그리하여 이름 없이 자신의 역할을 담당하며 세상을 연결하는 다리가 되는 '그리고'의 존재들에 도달하게 되는데, 그들이야말로 연대와 공감, 교감과 화음을 형성하는 가치를 실현하고 있기 때문이다. 따라서 이원형 시인의 이번 시집 『이별하는 중입니다』는 이 땅의 이름 없는 장삼이사張三李四들의 간난신고를 위로하고 그들의 삶의 의미와 가치를 발굴하는 아름다운 헌사獻辭라고 할 수 있는 것이다.

이원형 시집

이별하는 중 입니다

발   행 2021년 7월 18일
지 은 이 이원형
펴 낸 이 반송림
편집디자인 김지호
펴 낸 곳 도서출판 지혜 · 계간시전문지 애지
기획위원 반경환 이형권
주   소 34624 대전광역시 동구 태전로 57, 2층 도서출판 지혜 (삼성동)
전   화 042-625-1140
팩   스 042-627-1140
전자우편 ejisarang@hanmail.net
애지카페 cafe.daum.net/ejiliterature

ISBN : 979-11-5728-449-8 03810
값 10,000원

이원형

이원형 시인은 충남 서산에서 태어났고, 2021년 계간시전문지 『애지』로 등단했다. 현재 경희대 문예창작학과 재학(사이버) 중이며, 흙빛문학과 서산시인협회 회원으로 활동하고 있다.

이원형 시인의 첫시집 『이별하는 중입니다』에서는 어딘지 어눌하고 부족하며, 불완전하고 유한한 현상에 애틋한 마음을 가지고 접근하며, 그러한 틈과 허점을 통해서 인간적인 매력을 발견하려고 한다. 따라서 이원형 시인의 『이별하는 중입니다』는 이 땅의 이름 없는 장삼이사張三李四들의 간난신고를 위로하고 그들의 삶의 의미와 가치를 발굴하는 아름다운 헌사獻辭라고 할 수가 있는 것이다.

이메일: 6670477@naver.com